Gernot Fontaine

Die magische Reise des kleinen Tim...

Über den Autor.

Gernot Fontaine wurde 1962 in Dillingen an der Saar geboren und lebt in Saarlouis. Nach seiner Ausbildung zum technischen Zeichner eröffnete er bereits 1985 sein eigenes Sportstudio und führte dieses mit großem Erfolg bis 2005. Der ausgebildete Lehrer für Fitness und Sportrehabilitation ist heute als Personal-Trainer, Gesundheits- und Ernährungsberater tätig. Seinen großen Erfahrungsschatz gibt er u. a. als gefragter Referent in Seminaren zum Thema Training, Bewegung und Ernährung weiter. Sein erstes Buch "Den Besten Körper Ihres Lebens" (Sachbuch) gibt dem Leser tiefe Einblicke in die Welt des Bodybuilding Sports. Mit seinem nun vorliegenden phantasiereichen und spannungsgeladenen ersten Belletristik Buch führt er den Leser in die Welt des kleinen Tim und lädt Ihn dazu ein, Tim auf seiner magischen Reise zu begleiten.

3.Auflage 2015

Herstellung und Verlag
BoD – Books on Demand, Norderstedt

ISBN 978-3-7347-7383-9

Alle Dinge geschehen zum richtigen Zeitpunkt.

Inhaltsverzeichnis

Der kleine Junge der sich nichts zutraut, ist ein besonderer Junge

Sieben Uhr. Tim wachte auf. „Was wird mich heute wohl erwarten?", fragte er sich. Die allmorgendliche Unsicherheit ergriff Besitz von ihm. Wie jeden Morgen war ihm mulmig. Das verschwindet wieder, spätestens nach der großen Pause sagte er zu sich selbst. Tim war 12 Jahre alt und besuchte die siebte Klasse einer Gesamtschule. Obwohl er ein recht intelligenter Junge war, waren seine schulischen Leistungen oft nicht zufrieden stellend. Meist wurden sie von den Lehrern lediglich als ausreichend oder gar mangelhaft bewertet. Das konnte er noch wegstecken, aber das strenge Urteil seines Vaters, wenn er ihm seine Klassenarbeiten vorzeigen musste, ging ihm sehr nahe. Des Öfteren bekam er dann das Gefühl, dass nicht nur seine Klassenarbeit, sondern er selbst als mangelhaft anzusehen sei. Tims Vater Martin hatte sich für eine Gesamtschule entschieden. Seiner Ansicht nach war das Modell einer

Gesamtschule bestens für seinen Sohn Tim geeignet. Dort konnte man je nach Stärke der schulischen Leistung einen Hauptschul- oder auch Realschulabschluss erreichen. Der Hauptgrund für seinen Vater allerdings schien zu sein, dass man auf dieser Schule nicht sitzen bleiben konnte. Für den Fall, dass die geforderten Leistungen nicht erbracht wurden, räumte das Modell einer Gesamtschule dem betreffenden Schüler die smarte Möglichkeit ein, das betreffende Schuljahr freiwillig zu wiederholen. Das würde sich im Falle eines Falles weitaus besser anhören, als sitzen zu bleiben. So hatte Martin doch vorausschauend gehandelt. Er wollte doch nur das Beste.

Tims Mutter Nadine war derzeit in der Küche beschäftigt. Gedankenversunken saß Martin am Frühstückstisch schlürfte seinen Kaffee und nahm hin und wieder einen Bissen zu sich. Wie jeden Morgen studierte er dabei gleichzeitig akribisch seinen Terminkalender. Martin war ein intelligenter Mann Mitte vierzig. Seine Frau und seinen Sohn nahm er nur am Rande, wenn überhaupt wahr. Nicht, dass er die beiden nicht mochte, nein, aber er war einfach zu sehr mit sich selbst beschäftigt, um auf sie näher einzugehen.

Martin war bei einer Stahlbaufirma beschäftigt. Dort hatte er sich vom Techniker bis hin zu seiner verantwortungsvollen Führungsposition als Abteilungsleiter hochgearbeitet. Sein Beruf brachte es mit sich, dass er des Öfteren geschäftlich verreisen musste. durch seinen beruflichen Werdegang war Martin dazu in der Lage seiner Rolle als Ernährer der Familie gerecht zu werden. Das wusste er. Im Gegenzug dazu blieb jedoch sehr wenig Zeit für ihn, seinen Pflichten als Ehemann und Vater nachzukommen. Bis auf wenige Wochen im Jahr, in denen er Urlaub hatte. Schließlich boten sich im Urlaub nur wenige Fluchtmöglichkeiten an.

Nadine kam aus relativ einfachen familiären Verhältnissen. durch die Heirat mit Martin bekam sie die Chance, diesen einfachen Verhältnissen zu entfliehen. Dafür war sie ihrem Mann sehr dankbar. Sie liebte ihn sehr und darüber hinaus bewunderte sie ihn. Ja, sie schaute zu ihm auf, Verständlicherweise. War er es doch, der es ihr ermöglichte ein wirklich gutes Leben zu führen. Genauso wie sie es sich als kleines Mädchen immer gewünscht hatte. Das heißt nicht ganz. Auch ihr fehlte es, genau wie Tim, an Zuneigung. Bereits in ihrer Kindheit wurde ihr von ihren Eltern nur sehr wenig Wärme und Liebe zu Teil. Sie war es also von klein auf so gewohnt.

Martin war sich durchaus dieser Situation bewusst. Dennoch schien er damit ganz gut klar zu kommen. Er legte sich zurecht, dass dies nun mal der Preis sei, den es zu zahlen gilt, wenn man sich, so wie er, für eine berufliche Karriere entschieden hat. Unbewusst versuchte er es jedoch damit wenigstens teilweise zu kompensieren, indem er Nadine von seinen zahlreichen Geschäftsreisen Geschenke, meist wertvollen Schmuck mitbrachte. Im Laufe der Jahre kam Nadine so nach und nach in den Besitz einer wertvollen Schmucksammlung aus aller Herren Länder. Sie mochte es, sich vorzugsweise bei feierlichen und gesellschaftlichen Anlässen damit zu schmücken. So wurde es doch offenkundig, wie sehr ihr Mann sie zu schätzen wusste dachte sie sich.

Nachdem Tim seiner Mutter einen guten Morgen gewünscht hatte, setzte er sich zu seinem Vater an den Tisch. „Guten Morgen", stammelte er.

Martin nickte ihm kurz zu und stand auf. Dieser Ablauf wiederholte sich jeden Morgen: Tim kam, sein Vater ging. Als Nadine aus der Küche kam, schaute sie erwartungsvoll zu ihrem Mann, der in Aufbruchstimmung gerade dabei war, vor dem Gardarobenspiegel sein Äußeres zurechtzurücken. An dieser Stelle hatte sie sich immer eine herzliche Umarmung oder wenigstens einen kleinen Abschiedskuss gewünscht, genau wie Tim. Aber auch an diesem Morgen sollten sie beide leer ausgehen. Wie so oft. aß Tim seine Brötchen und trank dazu eine Tasse Kakao. Nadine bereitete ihm derzeit die Pausenbrote zu und legte sie auf seinen Schulranzen. Auch Tim musste jetzt los. „Mutti, ich geh jetzt mal", rief er ihr zu. „Pass schön auf Tim und stell keinen Blödsinn an!". „Hörst Du?" pflegte sie ernst zu sagen. Den Weg zur Schule ging Tim zu Fuß. Es waren nur 10 Minuten bis zur Schule. Zehn Minuten in denen er nachdachte. Wie sehr hätte er sich von seinen Eltern eine liebevolle Umarmung oder ein liebes Wort gewünscht. Andererseits kannte er es auch nur so. Erst wenn die Menschen von der Existenz von etwas schönerem wissen, entwickeln sie eine Sehnsucht danach. So war es auch bei Tim. Was er nicht kannte, konnte er auch nicht vermissen oder sich danach sehnen. Nur wenn er auf Besuch bei Spielkameraden war und sah, dass es auch Eltern gab, die mit ihren Kindern liebevoller umgingen, ja Ihnen sogar eine gewisse Wertschätzung zu Teil kommen lassen, wurde ihm hin und wieder bewusst, dass ihm von Hause aus etwas entscheidendes fehlte: Liebe, Vertrauen und Zuneigung.

Irgendwann später in seinem Leben sollte er erfahren, dass es nicht daran lag, dass er nicht liebenswürdig sei, wie er immer glaubte, sondern daran, dass nicht alle Menschen über eine gleich hohe Fähigkeit zu lieben verfügen. Wiederum andere empfinden zwar die Liebe, sind aber nicht dazu fähig sie zu zeigen. Sie scheinen sie zwar in ihrem Herzen zu fühlen, können sie aber nicht nach außen hin transportieren.

Tims Herz

Als Tim acht Jahre alt war, fiel ihm einmal, als er seinen Klassenkamerad Georg zu Hause besuchte, ein mit Holzmalstiften gemaltes Herz auf, auf dem in großen Buchstaben geschrieben stand: „Für meine liebe Mutti zum Muttertag". Es hing am Kühlschrank. Jeder der die Küche betrat, konnte es sehen. Tim kannte dieses Herz. In der zweiten Klasse hat er einmal, genau wie Georg, so ein Herz für seine Mutter zum bevorstehenden Muttertag in der Zeichenstunde gemalt. Er gab sich besondere Mühe damit, schließlich war es doch für seine Mutter. Zugegeben, man konnte es nicht gerade als Kunstwerk bezeichnen. Irgendwie empfand Tim die Werke seiner Mitschüler als gelungener.

Die zittrige Schrift in der er über das gemalte blutrote Herz schrieb: *„Für meine liebe Mutti zum Muttertag"*, spiegelte seine Unsicherheit wider. Dennoch konnte er es kaum erwarten, es seiner Mutter zu schenken. Vielleicht, so dachte er, freut sie sich ja doch ein wenig. Sorgfältig rollte er es zusammen und steckte es ganz oben in seinen Schulranzen. Es sollte keinen Knick oder gar Risse bekommen. Ein Herz das einen Riss hat, kann ich doch nicht meiner Mutter schenken dachte er. Sein Herz sollte unbeschadet bleiben. Am nächsten Tag wollte er es seiner Mutter zum Muttertag schenken. Noch bevor er sich an den Frühstückstisch setzte, ging er zu seiner Mutter in die Küche und gab es ihr mit den Worten: „Mutti, das ist für Dich zum Muttertag". „Ich habe es in der Schule gemalt, in der Zeichenstunde". Vorsichtig rollte er das Papier auf und hielt es ihr erwartungsvoll hin. Seine Mutter nahm es an sich, betrachtete es, dann schaute sie ihn an, ja sie lächelte sogar kurz. Dann legte sie Tims Herz auf ein Schränkchen in der Küche. Hier wurden Sachen verschiedenster Art abgelegt, es war ein Ablageschränkchen. Auf ihm lagen „wichtige" Utensilien wie Papiertaschentücher, Kugelschreiber, Kaffeetassen, ein Notizblock und nun auch Tims Herz. Gar kein schlechter Platz für mein Herz dachte sich Tim. Immerhin war so ein Ablageschränkchen ganz schön wichtig. Sein Herz auf dem Ablageschränkchen und ein kleines Lächeln seiner Mutter. Das vermittelte ihm ein gutes Gefühl. Einige Tage später, als er in der Küche mit dem Fuß auf den Mülleimer trat, um einen Apfelstumpf hinein zu werfen, sah er es. Dort lag es. Sein Herz. Oder besser gesagt das, was davon noch übrig war. Das Blatt Papier war zerrissen. Genau in der Mitte. Die Risslinie verlief mitten durch Tims Herz. Er ließ den Apfelstumpf in den Mülleimer fallen. Obwohl er sein Herz im Mülleimer registriert hatte, also an einem Ort wo Dinge landen die wertlos sind und entsorgt werden müssen, empfand er es gar nicht als so schlimm. Immerhin hat sein Herz einige Tage auf dem Ablageschränkchen gelegen.

Der Junge der sich unsichtbar macht...

Tim saß in der vorletzten Reihe. Meistens saß er dort, oder besser noch in der letzten Reihe. Irgendwie war es so, dass diejenigen, die regelmäßig gute Noten schrieben vorne und Schüler die regelmäßig schlechte Noten schrieben weiter hinten oder gar in der letzten Bank saßen. Manche behaupten auch, dass die faulen Schüler gerne hinten sitzen. Das traf allerdings auf Tim nicht zu. Er war nicht faul. Er war auch nicht dumm. Im Gegenteil, er war ein eher überdurchschnittlich intelligenter Junge.

Vielmehr schien es so, dass er sich auf den hinteren Plätzen wohler fühlte. So war die Chance, dass ihn die Lehrpersonen wahrnahmen und öfter aufrufen würden, viel geringer. Das gefiel ihm daran. Er wollte unauffällig bleiben, unbedingt. So musste er nicht ständig die Angst hegen aufgerufen zu werden, etwas Falsches zu sagen und von seinen Mitschülern ausgelacht zu werden. Der bloße Gedanke daran bereitete ihm schon manchmal am frühen Morgen nach dem Aufstehen Unbehagen und ein dumpfes Gefühl in der Magengegend. Komischerweise waren die Sitz- und Rangordnungen nicht überall gleich. Bei Klassenfahrten beispielsweise verhielt es sich ganz anders. Hier waren die hinteren Plätze die begehrtesten. Die Sportskanonen die gleichzeitig die Jungs waren, die das meiste Interesse bei den Mädchen erweckten, sicherten sich die hinteren Plätze und die letzte durchgehende Sitzbank war für die absoluten Sportskanonen reserviert. Dort war am meisten los. Bei solchen Fahrten saß Tim meist im vorderen Bereich des Busses oder völlig unauffällig gar in der ersten Sitzreihe. Die Technik unauffällig zu sein, beherrschte er durch ständiges Üben zeitweise derart gut, dass er regelrecht für Lehrer und Schüler gleichermaßen unsichtbar wurde. Das erste Mal stellte er seine Fähigkeit sich unsichtbar zu machen im Sportunterricht fest. Dazu muss gesagt werden, dass Tim den Sportunterricht nicht mochte. Noch weniger als den normalen Unterricht. Dabei war er gar nicht so unsportlich. Es verhielt sich nur so, dass er recht dünn war. Nicht viel dünner als andere Jungs in seinem Alter. Aber er fühlte sich irgendwie dünner und schwächer als die anderen. Er wäre gerne kräftiger und stärker gewesen. Wenn er regelmäßig ausreichende oder mangelhafte Noten schrieb war das eine Sache, aber im Sportunterricht zu versagen und von anderen ausgelacht zu werden setzte ihm besonders zu. Meist, wenn die Sportskanonen die gleichermaßen auch die beliebtesten unter den Mitschülern waren eine Mannschaft zum Fußball auszuwählen hatten, war es oft so, dass er alleine auf der Bank übrig blieb. Niemand schien ihn bei sich in der Mannschaft haben zu wollen. Auch ein Zureden des Lehrers konnte nichts daran ändern - meistens. Selbst wenn er durch das Befürworten des Lehrers dann mitspielen konnte, fühlte er sich nicht gut dabei. War er doch nur mehr oder weniger geduldet. Das verunsicherte ihn öfters derart, dass er, wenn er am Ball war, über seine eigenen Beine stolperte. Das wiederum förderte nicht gerade seine Beliebtheit. Wenn die Mannschaft dann ein Spiel warum auch immer verlor, war es für die anderen klar, dass nur Tim dafür verantwortlich sein konnte.

Er entschied sich deshalb irgendwann dafür, öfters dem Sportunterricht fern zu bleiben oder besser gesagt diesen zu schwänzen. Zu seinem Erstaunen stellte er dann am nächsten Tag fest, dass sein Fernbleiben vom Sportunterricht scheinbar weder dem Lehrer, noch einem der Schüler aufgefallen war. Das empfand er als sehr praktisch. So brauchte er auch keine Entschuldigung für sein Fernbleiben vorzubringen. Niemand sprach ihn je darauf an. Diese Fähigkeit so unauffällig zu sein, dass er transparent, ja förmlich unsichtbar zu werden schien, gefiel ihm.

Auf Tim wartet eine Deutscharbeit

Im Deutschunterricht kam es mitunter vor, dass ein Text aus einem dieser kleinen gelben Heftchen, die meist anspruchsvolle deutsche Literatur beinhalteten, von der ganzen Klasse im Unterricht vorgelesen wurde. Die Prozedur lief immer nach dem gleichen Muster ab. Meist fingen die Schüler in der vorderen Bank an einen Textabschnitt laut vorzulesen. Dann ging es Reihum bis hin zu den hinteren Bänken. Tim fand diese ritualisierte Vorgehensweise ziemlich bescheuert, ja sogar etwas albern. Irgendwie wie Theater. Wie Kasperle Theater um genau zu sein.

Die Sache hatte nur einen entscheidenden Nachteil. Auch wenn es lange dauerte bis sich die Kette bis zu Tim in die hintere Bank fortsetzte, irgendwann war er dran, dann musste auch er einen Abschnitt aus dem Buch laut vorlesen. Seine Technik sich unsichtbar zu machen versagte hier kläglich.
Manchmal allerdings hatte er das Glück, dass bevor er an die Reihe kam, die Deutschstunde

beendet war. Aber das war eher selten der Fall und darauf konnte er sich nicht verlassen. Das Problem für Tim war, je näher die Lesekette bis in die hinteren Bänke zu ihm vorrückte, desto aufgeregter wurde er. Hier wäre es jetzt von Vorteil gewesen ganz vorne zu sitzen. Dann wäre er gleich drangekommen und er hätte es bereits hinter sich gebracht. Meist war Tim sehr konzentriert darauf seinen Einsatz nicht zu verpassen. Einen guten Anfang zu machen war die halbe Miete, sagte er sich. Seinen Einsatz verpasste Tim nur ganz selten. Aber wenn er weiter las, wurde er nach und nach immer unsicherer. Vor allem das Hören seiner eigenen Stimme beim lauten Vorlesen schien ihm irgendwie befremdlich. Beinahe so, als wenn es eine fremde Stimme wäre. Oft geriet sein Lesefluss ins Stocken, was fast immer zeitgleich, manchmal wenn er Glück hatte etwas zeitversetzt von einem albernen Kichern einiger seiner Mitschüler begleitet wurde. Ab diesem Zeitpunkt versuchte Tim den Schaden zu begrenzen und seinen Text so gut wie irgend möglich zu Ende zu bringen.

Heute wartete eine Deutscharbeit auf ihn...

In den letzten Deutschstunden nahm Tims Klasse durch, wie eine Inhaltsangabe richtig zu verfassen sei. Heute wurde das Wissen der Schüler mit einer Klassenarbeit geprüft. Es ging darum eine Geschichte zu lesen, sie im Wesentlichen zu erfassen, um sie dann, den Umfang einer Seite umfassend, wiederzugeben. Untergliedert in Einleitung, Hauptteil und Schluss. Alle wesentlichen Ereignisse der Geschichte sollten enthalten sein.

Der Deutschlehrer der gleichzeitig auch der Klassenlehrer war, ein gewisser Herr Mander, wies darauf hin, dass die Arbeit in einer Schulstunde, also in fünfundvierzig Minuten zu schreiben sei. Herr Mander war eine Respektperson, den eine strenge Güte auszeichnete. Tim erkannte, dass dieser Lehrer bei all seiner scheinbaren Strenge stets das Gute beabsichtigte und neben seinen Bemühungen den geforderten Lehrstoff durchzubekommen, er es als seine Aufgabe ansah seinen Schülern auch menschliche Werte zu vermitteln. Dies äußerte sich mitunter an Wandertagen an denen er es pflegte kleine, leicht philosophische Minivorträge einzuflechten. Viele Schüler schmunzelten hierüber. Nicht so aber Tim. Er hörte aufmerksam zu und versuchte aus dem was er verstand alles Lehrreiche und Brauchbare für sich herauszufiltern.

Da die Deutschstunde in der letzten Schulstunde war, bemerkte Herr Mander mit gespieltem Ernst, dass derjenige der früher mit seiner Arbeit fertig sei selbstverständlich Schulschluss hat. Diese Bemerkung wurde mit einem kläglichen Raunen bis hin zu einem Stöhnen der Schüler aufgenommen. War es doch erfahrungsgemäß so, dass durch die Kürze der vorgegebenen Zeit nur selten jemand, wenn überhaupt einer, mit seiner Arbeit fertig wurde.
Der Lehrer wies auf das Deutschbuch hin. Dort sei eine Geschichte in Form eines Romanauszuges zu finden, die sechzehn Seiten beinhaltet. Nun ging es darum diese sechzehn Seiten auf eine Seite zu bringen, dabei das Wesentliche der Geschichte zu erkennen und von dem unwesendlichen zu trennen.

Tim schlug sein Deutschbuch auf. Vor sich sah er einen Auszug einer Geschichte aus einem Perry Gordan Roman. Perry Gordan der Weltraumheld. Tim hatte von Perry noch nie etwas gehört. Nun ja, Kapitän Kirk vom Raumschiff Enterprise, den kannte er bestens. Schließlich verfolgte er jeden Samstagnachmittag ganz gespannt die Serie im Fernsehen. Kapitän Kirk, der so mutig war, sich aufzumachen zu fernen Welten und Galaxien, die noch nie ein Mensch zuvor gesehen hat, fand er absolut bewundernswert. Normalerweise machte sich zu diesem Zeitpunkt vor einer Klassenarbeit bereits ein Gefühl des Unbehagens breit. Zu seinem erstaunen war es aber diesmal nicht so. Ganz im Gegenteil. Er war im Gegensatz zu seinen Mitschülern ganz ruhig und entspannt. Nun fing er an die Geschichte zu lesen. Eine sehr phantasiereiche Geschichte in der es vor bunten Farben; Kolonien im All und feindseligen Mutanten nur so wimmelte, völlig anders als die langweiligen Geschichten aus den gelben Heftchen, die sie sonst im Deutschunterricht so durchnahmen. Tim las die Geschichte mit wachsender Begeisterung, nahm sie ganz in sich auf. Seltsam, er musste auch nicht nachdenken worauf es ankam oder was das Wesentliche in der Geschichte sei. Irgendwie ging alles automatisiert, wie von selbst. Ganz leicht. Er fing an zu schreiben, flüssig und zügig ohne ein zögerliches Stocken. Die Geschichte schien ganz nach Tims Geschmack zu sein. Wenn er gelegentlich aufblickte registrierte er kurz wie sich seine Mitschüler über diese kompliziert anmutende Geschichte die Haare rauften.

Erstaunlicher Weise erschien sie Tim als einzigen Schüler ganz und gar nicht kompliziert. Genau wie er selbst war sie sehr phantasiereich und das machte es ihm so leicht. Tim konnte die Geschichte fühlen. Er nahm sie mit seinem Herzen auf. Nach nur dreißig Minuten hörte er auf zu schreiben. Als erster! Dann las er seine Version der Geschichte, die genau eine Seite füllte, aufmerksam einmal durch. Dabei fiel im auf, dass seine Mitschüler alle noch am Schreiben waren. Auch Diejenigen, die im Gegensatz zu ihm durchgehend mit guten Noten glänzten, schienen mit der Geschichte des mutigen Weltraumhelden nicht fertig zu werden. Seine Nachbarin Erika, ein schlaues strebsames Mädchen, schien ebenfalls ganz und gar mit der Aufgabenstellung überfordert. Als sie erstaunt registrierte, dass Tim nicht mehr schrieb, ließ sie ihre sorgsam aufgestellte Schutzmauer fallen. Dies bedarf einer kurzen Erläuterung. Von der Angst getrieben, dass ein Schüler wie Tim von ihr abschreiben könnte und dadurch einen ihm nicht zustehenden Vorteil erringen würde, machte sie es sich zur festen Gewohnheit, ja zu einem kleinem Ritual mit ihrem Etui und allem was sie sonst noch finden konnte, in der Mitte der Schulbank akribisch einen Sichtschutz aufzubauen. Je höher die Mauer, desto sicherer fühlte sie sich. Erst dann widmete sie sich der gestellten Aufgabe. Dass ihre Mauer zumindest in diesem Fall nicht von Nöten war, konnte sie nicht wissen.

„Wie konnte das möglich sein"? fragte sich Tim. Beim Lesen seiner Fassung der Geschichte hatte er das Gefühl, dass sie wirklich gut war. Jetzt wurde er aber doch für einen Augenblick unsicher. „Soll ich sie wirklich abgeben"? „Als Erster"? „Wie kann es sein, das ich fertig bin und alle anderen schreiben noch"? Er entschied sich dafür, das geschriebene noch einmal durchzulesen – Er wollte Fehlerquellen ausfindig machen und sie dann eliminieren. Eiskalt. Genauso wie es Perry in der Weltraumgeschichte mit den Mutanten gehalten hat. Aufspüren und vernichten; um so die Menschheit und die Mutter Erde zu retten. Wenn auch dieses Unterfangen für die Menschheit nicht so bedeutsam war wie die mutigen Taten des Weltraumhelden, so war Tim jetzt nicht weniger entschlossen als Perry, seine Arbeit zu retten.

Aber bevor er mit dem Korrekturlesen seiner Geschichte beginnen konnte, geschah etwas sehr seltsames. Plötzlich machte sich ein Gefühl in seinem inneren breit, dass er bisher nicht kannte. Ein Gefühl von Sicherheit. Es fühlte sich gut und warm an. So muss es sich für Perry angefühlt haben, als er nach seinem lebensgefährlichen Abenteuer wieder mit seiner Raumflotte wohlbehalten auf die geliebte Mutter Erde zugesteuert ist, dachte er noch.
Dann hörte er plötzlich eine sanfte Stimme. Zum ersten Mal! *Du brauchst nicht zu zweifeln. Lies deine Geschichte auch nicht wieder durch. Du hast sie toll geschrieben. Gib sie jetzt deinem Lehrer und geh nach Hause,* gab sie ihm zu wissen.

Diese Stimme hatte er zuvor noch nie gehört. Dennoch kam sie ihm sehr vertraut vor. Vertrauter, als alles was er kannte. Es schien seine eigene innere Stimme zu sein. Sie klang wie seine eigene Stimme und dennoch irgendwie anders. Nicht so befremdlich.
Tim sagte zu sich selbst: „Du hast recht". „Ich glaube Dir". Dann packte er sein Deutschbuch

und sein Etui in den Ranzen. Manche der Schüler blickten ungläubig kurz zu ihm hoch, um sich dann sofort wieder krampfhaft auf den Versuch zu konzentrieren die kompliziert anmutende Geschichte des Weltraumhelden Perry mit ihrem Verstand aufzunehmen. Auch der Lehrer sah mit ungläubigem, ja fast mitleidigem Blick zu Tim herüber. Er vermutete, dass Tim, wie er es schon öfters getan hatte, resigniert eine unfertige Arbeit abgeben würde. Diesmal sollte es anders sein... Tim sah ihn an, stand auf, ging von seiner vorletzten Bank durch die Mitte des Raumes langsam auf ihn zu. Dann gab er ihm seine geschriebene Version der Geschichte in die Hand. Der Lehrer sah Tim an, dann auf seine Arbeit. „Das ist ja haargenau eine Seite geworden", bemerkte er. „Da bin ich einmal gespannt", sagte er, und legte Tims Arbeit schmunzelnd auf dem Pult ab. Nur ganz kurz dachte Tim daran, wie seine Mutter sein Herz auf dem Ablageschränkchen in der Küche ablegte. Irgendwie fungierte in diesem Fall das Lehrerpult ebenfalls als Ablageschränkchen. Tim dachte, wenn der Lehrer jetzt alle anderen Arbeiten obenauf legt und sie dann naturgemäß von oben nach unten durcharbeitet, bekommt er meine Geschichte ja erst ganz zum Schluss zu Gesicht.

Da hörte er noch einmal diese sanfte, fremde und gleichzeitig so vertraute Stimme: *Macht doch nichts Tim, dann kommt das Beste halt zum Schluss,* sagte sie warmherzig. Tim sagte zu sich selbst: „Stimmt, Du hast recht", so sollte ich es sehen. Vielleicht hätte der Lehrer auch gerne einen Blick darauf geworfen, er zog es aber vor, seiner Aufsichtspflicht nachzukommen um so erfolgreich zu verhindern, dass seine Schüler nicht in die Versuchung kamen, voneinander abzuschreiben. Der Lehrer lächelte freundlich und sah ihn an.

Normalerweise war Tim nicht in der Lage dem Blick eines Erwachsenen, zudem noch einer Respektsperson wie der eines Lehrers zu erwidern oder gar Stand zu halten. Jetzt war es anders. Tim schenkte dem Lehrer ein Lächeln zurück und blickte ihm dabei in die Augen.

Für Tim war nun Schulschluss…
Auf dem Nachhauseweg dachte er über seine Deutscharbeit nach. Was war eben in der Schule passiert? Sollte er sich wohl möglich irren? War es doch nur wieder eine ausreichende oder mangelhafte Leistung? Aber nein, es viel ihm so leicht über Perry und seine Abenteuer zu

schreiben. Das musste irgendwie gut sein. Und dann war da noch diese seltsame, aber so vertraute Stimme. So kam es, dass Tim sich zum ersten Mal darauf freute eine Klassenarbeit zurück zu bekommen. Aber bis dahin sollte es noch eine Weile dauern Normalerweise benötigte Herr Mander, das wusste Tim, zum korrigieren der Arbeiten stets eine Woche. Eine Woche verstrich ohne besondere Vorkommnisse. In der Sportstunde hatte er wieder einmal seine Begabung sich unsichtbar zu machen genutzt. Zu Tims Erstaunen gab Herr Mander in der nächsten Deutschstunde seinen Schülern zu wissen, dass er die Arbeiten noch nicht korrigiert hätte. Er versicherte allerdings verbindlich sie nächste Woche fertig zu haben. Einige der Schüler schienen über diese Mitteilung sichtlich erleichtert zu sein und sahen die erneute Wartezeit von einer vollen Woche als eine Art Gnadenfrist an. Tim jedoch nicht. Für ihn hieß es eine weitere Woche zu warten. Eine Woche in der Zweifel die Gelegenheit bekamen sich einzuschleichen. Sie hatten es auf Tims Unterbewusstsein abgesehen. Wie brandgefährliche Mutanten wollten sie sich dort einschleichen, es sich gemütlich machen und ihre Aufgabe erfüllen: Tim Unsicherheit zu vermitteln und ihm ein flaues Gefühl in der Magengegend zu verpassen. Das war ihr Plan. Doch ihr Plan sollte diesmal nicht aufgehen. Hin und wieder wurde Tim zwar von Zweifeln heimgesucht, aber er lies diesmal nicht zu, dass sie sich in seinem Unterbewusstsein verankern konnten. Immer wenn zweifelhafte Gedanken aufkamen dachte er daran was die geheimnisvolle vertraute Stimme ihm sagte:

Du brauchst nicht zu zweifeln. Du hast sie toll geschrieben. Gib sie jetzt deinem Lehrer und geh nach Hause.

Er versuchte in dieser Woche mehrmals mit der geheimnisvollen Stimme in Kontakt zu treten. So viele Fragen wollte er ihr stellen, denn sie schien sehr viel zu wissen, wenn nicht gar alles, dachte er. Aber so oft er es auch versuchte, seine Fragen sollten unbeantwortet bleiben. Vorerst…

Tim muss am Lehrerpult antreten.

Tim saß in der vorletzten Bank in der Deutschstunde. Er wusste, heute hat Herr Mander die Deutscharbeit dabei. Er hatte es letzte Woche verbindlich zugesichert. Jetzt nach vierzehn langen Tagen würde er endlich erfahren, wie der Lehrer seine Geschichte von Perry bewertet hat. Tim war aufgeregt, aber anders als sonst. Es war diesmal vielmehr eine positive Art von Aufgeregtheit, die schon bald einer gewissen Vorfreude weichen sollte. Pünktlich zur sechsten Stunde betrat Herr Mander das Klassenzimmer. Aber Irgendetwas schien nicht zu stimmen. Das war offensichtlich. Mit überaus ernster Mine legte er seine Aktentasche auf dem Lehrerpult ab. Das wäre eigentlich nichts besonderes, denn Herr Mander pflegte es stets mit ernster Mine das Klassenzimmer zu betreten. Diesmal war es aber nicht bloß eine ernste Mine. Herr Mander wirkte vielmehr über seinen Ernst hinaus stark angesäuert und das lies nicht viel Positives vermuten. „Guten Tag" sagte er, griff in seine Aktentasche und nahm zielsicher den Stapel mit

den Klassenarbeiten heraus. „Liebe Freunde",
begann er und Tim wusste, dass jetzt ein kleiner
Minivortrag zu erwarten war. „Ich muss euch
schon sagen, dass ich ziemlich enttäuscht bin".
„Ich hätte von euch nicht erwartet, dass diese
Arbeit so schlecht ausfällt". „So einen miserablen
Klassendurchschnitt habe ich schon lange nicht
mehr erlebt". „Er liegt bei vier Komma neun".
Hierbei wurde seine Mine noch ernster.
Gleichzeitig nahm er das oberste Blatt vom
Stapel und legte es daneben. Tim dachte jetzt
noch: Meine Arbeit hatte ich doch als erster
abgegeben, also hat Herr Mander sie als letzte
korrigiert. Also müsste sie jetzt ganz oben liegen.
Aber wieso hat Herr Mander sie jetzt beiseite
gelegt und so vom Rest des Stapels getrennt?
Herr Mander sah jetzt zu Tim herüber und fuhr
fort. „Aber das ganze hat auch etwas Positives".
„Beim Korrigieren der Arbeiten erlebte ich
dennoch eine wirkliche Überraschung". „Unter
all diesen Arbeiten befand sich eine, ich betone,
eine, die mich mehr als überzeugt hat". „Diese
Arbeit hat unser Tim geschrieben". „Eine wirklich
positive Überraschung". Ein leichtes Raunen ging
durch die Klasse. Tim wusste gar nicht so recht
wie er sich fühlen sollte. Noch nie war er von
einem Lehrer oder einer anderen

Respektsperson derart gelobt worden. Aber es sollte noch besser kommen. Herr Mander forderte ihn jetzt auf zu ihm nach vorne ans Lehrerpult zu kommen.

„Zu dieser Arbeit kann ich Dir nur gratulieren mein lieber Tim", sagte er. Gleichzeitig schüttelte er ihm feierlich die Hand, während er mit der anderen Hand beinahe freundschaftlich auf Tims Schulter klopfte. Herr Mander richtete seinen Blick, der nun blitzartig wieder ernster wurde, auf die Klasse. Er beherrschte es mühelos schnell und charismatisch von einer Gefühlregung in die nächste nahtlos überzugehen. „Ich habe für jeden von euch mal eine Kopie von Tims Arbeit an eure Arbeit angeheftet, damit ihr einmal sehen könnt, wie so etwas gemacht wird", bemerkte er. Diese Bemerkung von seinem Lehrer erweckte ebenso Tims Freude wie die vorausgegangenen lobenden Worte, dennoch war sie ihm gleichzeitig fast ein wenig unangenehm. Einige Jahre später sollte Tim erfahren, dass Herr Mander seine Version von Perry dem Weltraumhelden auch nachrückenden Klassen sozusagen als Musterarbeit aushändigte. Auf dem Weg zurück zu seinem Platz hielt er seine Geschichte des Weltraumhelden vor sich und betrachtete sie. Auf den ersten Blick sah sie gar nicht viel anders aus, als seine bisherigen Klassenarbeiten die er zurückbekommen hatte. Charakteristisch für Tims Arbeiten, war auch diese an den Seiten mit Rotstift voll geschrieben. Nur in diesem Fall waren die blutroten Vermerke seines Lehrers voll des Lobes. Immer wieder hatte Herr Mander einzelne Passagen von Tim Arbeit markiert und sie am Seitenrand separat noch einmal ausgelobt. Dort fanden sich jetzt Bemerkungen wie: ausgezeichnet, hervorragend, getroffen und sehr gut erkannt wieder. Als Tim sich zurück auf seinen Platz setzte, sah er unten rechts auf dem Blatt seine Benotung. Neben der Note eins sah er noch drei in Klammer gesetzte Pluszeichen mit denen Herr Mander vermutlich seine persönliche Begeisterung für das Gelesene zum Ausdruck bringen wollte. Dass seine Arbeit diesmal anders als alle anderen zuvor ausfallen würde, wusste Tim rein gefühlsmäßig und da war noch etwas: Diese geheimnisvolle Stimme, der er so vertraute, hatte es ihm ja auch vorausgesagt. Aber eine Eins mit zusätzlichen drei Pluszeichen versehen übertraf seine Erwartungen bei weitem. Tim rollte das Blatt sofort zusammen und steckte es ganz oben in seinen Schulranzen. Um nicht den fälschlichen

Eindruck entstehen zu lassen, sich von seinen Mitschülern abheben zu wollen, oder bei Ihnen gar als Eitel zu gelten, ließ er sie schnell von der Bildfläche verschwinden.

Das wird auch meinen Papa freuen dachte Tim...

Das Beste kommt zum Schluss dachte sich Tim. Er konnte es kaum erwarten, seine Deutscharbeit seinem Vater vorzuzeigen. Oder in diesem Fall wollte er sie ihm eher stolz präsentieren. Hatte er doch bisher seinen Vater mit seinen schulischen Leistungen enttäuschen müssen. Jetzt konnte er ihm, und auch seiner Mutter beweisen, was in ihm steckte. „Mutti, wann kommt denn Papa nach Hause"? fragte Tim. „Du weißt doch wie viel dein Vater arbeiten muss", entgegnete ihm seine Mutter. „Dein Vater wäre sicher froh darüber, wenn er Dir nicht ständig nach seinem wohlverdienten Feierabend bei deinen Hausaufgaben helfen müsste". „Andere Kinder schaffen das doch wohl auch alleine". „Dann musst Du halt in der Schule besser aufpassen und Dich mehr anstrengen". „Wenn Du so weiter machst bringst Du es nie zu etwas", fügte sie noch hinzu. Tim hatte den Aussagen und Prophezeiungen seiner Mutter nichts zu entgegnen. Wie immer. Aber diesmal, sagte er zu sich selbst, diesmal lasse ich meine Deutscharbeit für mich sprechen.

Gewöhnlich kam Tims Vater selten vor neunzehn oder zwanzig Uhr nach Hause. Sein Beruf brachte es mit sich, dass erfolgreich geführte Verhandlungen des Öfteren mit einem Geschäftsessen besiegelt wurden. Jetzt war es bereits einundzwanzig Uhr. Tim hörte den Wagen seines Vaters vorfahren... Ja, sagte Martin nur, als er das Wohnzimmer betrat. Das war typisch für ihn. Er pflegte es stets seine Anwesenheit nicht mit einem „Hallo", „ich bin da", oder „Guten Abend" sondern mit seinem „Ja" anzukündigen. Nadine hatte in der Küche meist eine Kanne Tee und einige Häppchen vorbereitet. „Papa, Papa" sagte Tim aufgeregt „Ich hab heute meine Deutscharbeit zurückbekommen." Dabei hielt Tim seine Arbeit zusammengrollt in der Hand. „Verschone deinen Vater doch damit. „Lass ihn doch wenigstens mal etwas zur Ruhe kommen", sagte Nadine noch bevor Martin etwas sagen konnte. Nadine hatte es sich zur Aufgabe gemacht, jede Art von Aufregung oder gar Stress von ihrem Mann fernzuhalten. Sie fungierte so erfolgreich als eine Art Blitzableiter. Bei dem Arbeitspensum ihres Mannes war dies das mindeste, was sie für ihn tun konnte, dachte sie sich. Martin nahm am Esstisch Platz. Seinen Terminkalender, der unter anderem einen Vierfarbkugelschreiber beinhaltete, legte er auf dem Esstisch in greifbarer Nähe ab. Hin und wieder nahm er einen, von Tims Mutter für ihn mundgerecht zugeschnittenen Happen zu sich. „Ja. Ich schau mir gleich an, was Du da wieder zu Stande gebracht hast", sagte er zu Tim. Tim war sich sicher, gleich würde sein Vater staunen. Seine Version von Perry dem Weltraumhelden würde ihn ebenso überzeugen wie Herrn Mander. Vielleicht sogar ein bisschen mehr, so dachte er. Martin blickte zu Tim herüber. Das war das Signal für Tim, dass er jetzt zu seinem Vater an den Tisch kommen konnte. „Ja Tim, dann lass mal sehen, was Du da wieder hast" sagte er mit einem Unterton der Tim bestens bekannt war. Gleichzeitig nahm er aus dem Terminkalender seinen Vierfarbkugelschreiber zur Hand. Dieser Vierfarbkugelschreiber war schon etwas Besonderes. Es war ein edel silbrig glänzender Schreiber der vier Minen beinhaltete. Eine blaue, schwarze, rote und grüne Mine. Tims Vater klickte mit seinem Daumen gezielt einen der vier Riegel, die sich oben am Kopf des Kugelschreibers befanden, mit einem dafür charakteristischen klicken nach unten. Die grüne Mine war nun schreibbereit… Dieses bedarf einer

kurzen Erklärung. Tims Vater las Tims Arbeiten grundsätzlich sehr aufmerksam durch, bevor er sie dann unten rechts mit der schwarzen Mine seines Kugelschreibers gegenzeichnete.
Allerdings, mehr als einmal gelang es ihm, Fehlerquellen ausfindig zu machen die Tims Lehrer übersehen hatte. Tims Vater korrigierte dann die Korrektur um sich von dem Rotstift des Lehrers abzuheben in grüner Farbe. So kam es dann mitunter vor, dass Tims Arbeiten meist ziemlich kunterbunt ausschauten. Dort fanden sich dann in einem Wirrwarr die Farben blau, schwarz, rot und schließlich grün wieder. Martin begann Tims Geschichte aufmerksam zu lesen. Dabei lies er seinen Kugelschreiber über die Zeilen steifen, bereit jederzeit einen unentdeckten Fehler aufzustöbern und ihn grün zu kennzeichnen. Erfolglos! Nun las er Tims Zeilen erneut. Aber auch diesmal sollte die grüne Mine seines Schreibers nicht zum Einsatz kommen. Tims Vater klickte nun die schwarze Mine an und zeichnete schließlich wie gewohnt unten rechts unweit der Unterschrift von Herrn Mander gegen. Er schaute nun zu Tim, der erwartungsvoll neben ihm saß herüber. „Ja Tim", begann er, „ich muss schon sagen, diese Arbeit ist wirklich ausgezeichnet". „Das kann man wohl

kaum besser machen". „Respekt", sagte er mit einem kleinen Schmunzeln. Nach einer kurzen Pause gab er Tim seine Geschichte zurück und fügte noch hinzu: „Aber eins noch Tim". „Jetzt musst Du mir nur noch verraten, bei wem Du das abgeschrieben hast. "

Tim verstand jetzt die Welt nicht mehr. So sehr hatte er sich ein Lob und die Anerkennung seines Vaters gewünscht. „Aber Papa, ich hab meine Geschichte ganz alleine geschrieben". „Ich hab nirgendwo abgeschrieben", versuchte er sich und seine Geschichte von Perry noch zu verteidigen. Tränen liefen ihm übers Gesicht. „Das glaube ich Dir nicht", sagte sein Vater. „Aber Papa ich... ich...", Tim brachte kein Wort mehr heraus. Genau wie in der Deutschstunde, wenn er an die Reihe kam, um aus einem der langweiligen kleinen gelben Heftchen laut vorzulesen. „Am besten gehst Du jetzt ins Bett", sagte sein Vater zu ihm in einer Art, die ihn erkennen lies, dass ein weiterer Versuch sich zu verteidigen erfolglos sein würde.

Sei bitte nicht so traurig...

Tim schoss das gerade Erlebte mitten durch sein Herz. Er fühlte sich jetzt so unsicher und hilflos, dass sein ganzer Körper zu beben begann. Wie konnte sein Vater bloß so gemein sein, fragte er sich immer und immer wieder. Er saß mit hängenden Schultern auf seinem Bett. Sein Gesicht war Tränen überströmt und er steigerte sich in einen Weinkrampf hinein. Immer wieder musste er nach Luft schnappen. Dann aber plötzlich und unerwartet hörte er die ihm so vertraute und sanfte Stimme wieder. Seltsamerweise begann er nun auch wieder ruhiger und tiefer zu atmen. Auch das unerträglich mulmige Gefühl in seiner Magengegend löste sich nach und nach auf. Es musste langsam, ganz langsam einem Gefühl von wohliger Wärme weichen.

Lieber Tim, nimm es Dir nicht so zu Herzen. Sei bitte nicht so traurig. Dein Vater hat es nicht so gemeint wie er es gesagt hat. Das weiß ich ganz genau. Wenn einige Zeit vergangen ist, Du wirst dann

längst erwachsen sein und dein Vater ein
älterer reifer Mann, wirst Du ihn unter
vier Augen auf das eben Geschehene
ansprechen. Er wird es dann kaum
glauben können einmal so gehandelt zu
haben. Du wirst Tränen in seinen Augen
sehen und erkennen, dass es ihm sehr Leid
tut, gab er Tim zu wissen.

Tim erkannte nun, dass diese sanfte Stimme die
zu ihm sprach wirklich alles zu wissen schien.
„Aber, woher weißt Du denn das alles, wie ist das
denn möglich", fragte ihn Tim.
Ich weiß es, weil ich Dich durch und durch
kenne. Ich bin jetzt zu Dir gekommen, weil
ich Dir helfen möchte. Genau jetzt ist der
richtige Zeitpunkt dafür, damit Du lernst,
einiges besser zu verstehen. So können wir
gemeinsam verhindern, dass dein Leben in
die falschen Bahnen gerät.

„Aber wer bist Du und wo kommst Du denn her"? fragte Tim.

Ich komme von sehr weit her und es war alles andere als einfach für mich, bis zu Dir durchzudringen. Mehr darf ich Dir jetzt noch nicht sagen. Ich habe diese weite Reise angetreten, weil ich weiß, dass Du ein sehr lieber Junge bist, der gerade jetzt ein wenig Unterstützung gebrauchen kann. „Ja, das stimmt ein wenig Hilfe könnte ich echt gebrauchen", sagte Tim und wischte sich die Tränen aus seinem Gesicht. Er begann sogar wieder ein wenig zu lächeln.

Tim und Perry...

Lass uns doch mal kurz auf den sagenhaften Weltraumhelden Perry zu sprechen kommen, Tim. Was glaubst Du, wie gelang es ihm die brandgefährlichen Mutanten ein für alle mal zu vernichten und so die Menschheit und die Mutter Erde zu retten?

„Weil er bereit war etwas zu riskieren und weil er keine Angst hatte", sagte Tim ohne zu zögern beinahe wie aus einer Laserpistole geschossen".

Exakt Tim. Du hast die Lage voll erfasst. Aber mir scheint, einen ebenso wichtigen Punkt hast Du dennoch außer Acht gelassen. Sag mir bitte, was glaubst Du, hat Perry als entscheidende Voraussetzung mitgebracht um seine überaus risikoreichen und mutigen Taten überhaupt vollbringen zu können?

„Er glaubte daran, dass das Gute siegen wird und er glaubte an sich selbst", antwortete Tim beinahe ebenso schnell".
Volltreffer. Du hast den Nagel auf den Kopf getroffen. Perry glaubte... Ich wusste, dass Du darauf kommen wirst.

Wie war es denn für Dich, als Du anfingst die ersten Zeilen über Perry zu schreiben?, fragte die sanfte Stimme etwas verschmitzt. War es schwer?

„Nein, es war erstaunlich leicht es ging fast von selbst". „Aber Moment", warf Tim jetzt ein. „Hast Du mir etwa bei der Arbeit geholfen"?
Nein, mein lieber Tim... Da kann ich Dich beruhigen, diese Leistung hast Du ganz alleine erbracht. Ich hab lediglich auf meine Weise dafür gesorgt, dass Du deine Ängste

beiseite stellst und mal zur Abwechslung aufnahmefähig, frei und vorbehaltlos an deine Klassenarbeit heran gegangen bist. Ich habe Dir nur etwas zugesprochen, was Du dringend gebraucht hast. Vertrauen und Glauben.

„Mann, das ist ja ziemlich verrückt, aber das stimmt, ich war ohne Ängste und ganz frei". „Das würde mir sicher keiner glauben, wenn ich das jemandem erzählen würde". „Oder"?

Du sagst es Tim. Das hatte ich prompt vergessen Dir zu sagen. Es ist das Beste, wenn von unseren Gesprächen niemand etwas erfährt. Und nur mal so am Rande bemerkt, mir würde es sicher auch niemand glauben. Aber das ist nicht wichtig. Sprich mit keinem darüber genau wie damals, als Du noch klein warst. Du warst mit deiner lieben Oma in der Kirche.

Da gab es diesen kleinen Zwischenfall.
Weißt Du noch? Darüber hat deine Oma
auch nie mit jemandem gesprochen, nicht
einmal mit deinen Eltern. Sie hat dieses
Geheimnis gehütet bis zu ihrem Tod.

Gott liebt alle Menschen...

Tim wusste erst nicht was die Stimme damit meinte. Aber da plötzlich viel es ihm wieder ein. Er war damals noch klein. Er war sehr gerne bei seiner Oma. Sie war die Mutter seines Vaters. Er kannte seinen Opa nur von Fotos. Er ist verstorben als Tim noch ganz klein war. Fast jedes Wochenende war er bei ihr. Dort fühlte er sich richtig wohl. Seine Oma gab ihm das was ihm am meisten fehlte: Wärme, Geborgenheit und Liebe. Scheinbar instinktiv erkannte sie, dass Tim hierin Defizite aufwies und gab ihm so viel Wärme und Liebe wie sie konnte. Jetzt als diese sanfte Stimme ihn angesprochen hatte, fielen ihm wieder so viele schöne Dinge ein, die er bei seiner lieben Oma erlebt hatte. Seine Oma war nicht so modern eingerichtet wie seine Eltern, ganz im Gegenteil, aber dort war es urgemütlich und Tim mochte es sehr. Besonders den Ölofen in ihrer Wohnküche, den mochte er besonders. Er diente dazu dem ganzen Wohnraum eine wohlige Wärme zu spenden. Seine kleine gusseiserne Oberfläche nutzte sie darüber hinaus zum Kochen. Tim fiel auch jetzt wieder ein, wie schön es war, wenn er im Winter bei ihr schlief.

In ihrem Schlafzimmer war es dann mitunter so kalt, dass innen am Fenster Eisblumen zu sehen waren. In Omas Bett waren allerdings zwei Heizdecken, eine für Tim und eine für seine Oma. Seine Oma schaltete sie immer bereits eine halbe Stunde vor der Schlafenszeit ein. Dann wurde es richtig kuschelig warm und von der Kälte im Schlafzimmer war nichts mehr zu spüren. Eine Sache fand er immer besonders schön. Wenn seine Oma mit ihm vor dem Einschlafen betete. Das vermittelte ihm ein Gefühl der Wärme und des Vertrauens.

Sie stand immer vor Tim in der Früh auf und bereitete ein tolles Frühstück. Erst dann weckte sie ihn. Tims Kleider hing sie dann vor ihren Ofen. So waren sie schön mollig warm, wenn er sie anzog. An kalten Winterabenden konnte sie auch prima Märchen erzählen. Meist saß er dann auf ihrem Schoß und hörte ganz gespannt zu. Sie erzählte so manches klassisches Märchen, aber meist ging sie dann schnell dazu über ihre eigenen Märchen zu erzählen. Die gefielen Tim noch besser. Zu wissen, dass seine Oma sie sich nur für ihn ausdachte, machten sie zu etwas ganz besonderem für ihn. Sie hatte viel Phantasie, genau wie Tim. Aus dem Stehgreif erfand sie dann Figuren und erzählte ihm ihre Geschichte. Dabei saß sie auf ihrem gemütlichen Sessel und hielt den kleinen Tim vor sich auf dem Schoß, ihre Hände vor seinem kleinen Körper verschränkt. Jetzt viel ihm der Name einer ihrer Figuren sogar wieder ein. Sie hieß Hans Langseberg und sie überstand mutig so manches Abenteuer. Ob diese schönen Erinnerungen wohl nach und nach aus seinem Gedächtnis und seinem Herzen verschwunden wären, wenn ihn diese Stimme nicht darauf angesprochen hätte? fragte er sich ganz kurz. Aber was könnte die Stimme eben mit dem Zwischenfall in der Kirche den sie erwähnte, wohl gemeint haben. Da muss ich noch sehr klein gewesen sein, dachte er. Dann plötzlich, viel ihm auch das wieder ein. Seine Oma ging mit ihm immer sonntags morgens in die Frühmesse. Manchmal gingen sie aber auch, wenn keine Messe abgehalten wurde, in die Kirche. Fast immer, wenn sie mit Tim vom Friedhof hinter der kleinen Kirche vom Grab ihres verstorbenen Mannes kamen, gingen sie kurz in die Kirche, um ein paar Minuten still und leise zu beten. Dann zündeten sie meist eine oder zwei Kerzen an. Seine Oma hatte immer mehrere kleine Kerzen in ihrer Handtasche. Jetzt dachte er an den kleinen Zwischenfall und es viel

ihm nach und wieder ein. Er hatte es fast
vergessen.

Eines Tages, als Tim etwa fünf Jahre alt war,
wollten sie wie so oft in der Kirche zwei kleine
Kerzen anzünden. Seine Oma gab sie ihm in seine
kleinen Hände. Dann blickte sie kurz nach unten,
um in ihrer Handtasche, die neben einer
Ersatzbrille, einigen gestärkten Taschentüchern
sowie jeder Menge Kräuter und
Eukalyptusbonbons der Marke „Atemfrisch",
nach Streichhölzern zu suchen. Als sie einen
Augenblick später wieder nach oben blickte,
traute sie erst ihren Augen nicht. In Tims Händen
brannten beide Kerzen. Sie hatten sich von selbst
entfacht. Tim lächelte sie an und sagte: „Schau
mal Oma, ich hab gar nichts gemacht". Für einige
wenige Sekunden leuchteten die beiden Kerzen
viel heller als gewöhnlich und der helle Schein
der Kerzen umhüllte Tims kleinen Körper
vollständig. Mehrere wunderschöne
kugelförmige, strahlend helle Lichter etwa in der
Größe kleiner Christbaumkugeln umkreisten
dabei Tims Körper. Zum gleichen Zeitpunkt
glaubte seine Oma für einige Sekunden einen
zarten und süßen Rosenduft wahrgenommen zu
haben. Dann bekreuzigte sie sich und lächelte

Tim an. Gemeinsam stellten sie die Kerzen vor einem Jesusbild hin. Seine Oma nahm ihn nun ganz lange in ihre Arme. „Mein lieber Junge" sagte sie immer wieder und herzte ihn innig… Dabei liefen ihr Tränen der Freude über ihre Wangen. Schließlich sagte sie andächtig: „Gott liebt alle Menschen, Dich aber Tim liebt er besonders, weil Du so ein gutes Herz hast". „Möge es nie einen Riss bekommen. "Dann bekreuzigte sie sich wieder. Auf dem Nachhauseweg war sie ganz still. Immer wieder schaute sie ihn an und lächelte.

„Weil Du ein gutes Herz hast", sagte die Stimme. „Tim… Tim… hörst Du mich"? fragte die Stimme.
Tim war so gerührt von den Erinnerungen an seine Oma, dass er die Stimme nicht sofort wahrnahm. „Ja, ich höre Dich" sagte Tim ganz ruhig.

„Siehst Du Tim"! sagte sie „Du bist ein sehr liebenwerter Junge. Es gibt Menschen, die Dich sehr schätzen und lieben. Auch

deine Eltern lieben Dich. Sie können es Dir nur nicht so zeigen. Weißt Du Tim, es ist so, dass viele Menschen durch bittere Erfahrungen irgendwann selbst bitter werden. Dann fällt es Ihnen sehr schwer das Gute in ihrem Leben noch zu erkennen und zu beherzigen. Alles erscheint Ihnen dann so schwer und sie sorgen sich ständig. Irgendwann fangen sie schließlich an, nur noch um sich selbst zu kreisen. Begehe Du nicht den gleichen Fehler mein lieber Tim. Der liebe Gott liebt Dich besonders, weil Du so ein gutes Herz hast. Bewahre es Dir bitte mein lieber Tim. Wenn Gott für Dich ist, wer kann da gegen Dich sein? fügte er noch liebevoll hinzu. Es ist spät geworden sagte er. Ich schlage vor, dass Du jetzt ins Bett gehst. Du musst morgen zur Schule. Schließlich wollen wir doch, dass Du morgen fit bist

oder? Außerdem muss ich jetzt auch
gehen.

„Ja, stimmt. „Und danke, dass Du mich an die
schönen Dinge erinnert hast". „Aber wann höre
ich Dich denn wieder" fragte Tim fast ein wenig
traurig.

Denk nicht so viel, lieber Tim. Alle Dinge
geschehen zum richtigen Zeitpunkt.
Vertraue darauf. Wenn Du mich brauchst
bin ich da. Das verspreche ich Dir! Gute
Nacht.

„Ja"! Gute Nacht", sagte Tim und bemerkte, dass
ihm nun die Augen fast zufielen.
„Ach fast hätte ich es vergessen", meldete
sich sein lieber Freund noch einmal zurück:
„Du hast morgen Sportstunde, also vergiss
deine Sportsachen nicht". Ich möchte, dass
Du ab jetzt wieder am Sportunterricht
teilnimmst. Deine Fähigkeit Dich
unsichtbar zu machen ist zwar erstaunlich,

aber es ist jetzt an der Zeit wieder sichtbar zu werden. Gute Nacht mein lieber Tim. "

Dann fügte sein geheimnisvoller lieber Freund noch sehr leise hinzu: „Wir werden gemeinsam die Lage wieder in den Griff bekommen, genau wie Perry..."

Aber diese letzte Bemerkung seines Freundes nahm Tim nicht mehr wahr. Er fiel in einen tiefen Schlaf. In dieser Nacht träumte er von seiner Oma, Hans Langseberg, Perry dem Weltraumheld, seiner Mutter und von dieser geheimnisvollen Stimme die weitaus mehr über Tim wusste als er selbst. Alles was sie ihn an diesem Abend lehrte, schien sein Unterbewusstsein nun im Schlaf aufzuarbeiten.

„Tim dein Verhalten ehrt Dich", sagte Herr Mander...

Tim befand sich im Umkleideraum der Turnhalle. Dort herrschte wie immer ein wirres Durcheinander. Viele Schüler lachten, einige andere sprachen laut. Tim hingegen verhielt sich wie meist auch an diesem Morgen ruhig. Es entsprach nicht seinem Wesen laut zu krakeelen. Ihm genau gegenüber zog sich Volker um. Er war einer der lautesten, wie immer. Volker war gut einen halben Kopf größer als Tim und zudem viel kräftiger. Er war die ungekrönte Sportskanone seiner Klasse. Aber genau genommen war er gar nicht so viel kräftiger als Tim. Es verhielt sich nur so, dass Volkers ganzes Gehabe und sein etwas seltsamer Gang ihn kräftiger wirken ließen als Tim. Dies bedarf einer kleinen Erläuterung: Volker pflegte es, wahrscheinlich aus einer inneren Unsicherheit heraus, beim Gehen seine Brust weit heraus zu strecken. Mehr als einmal befürchtete Tim dann, dass Volker blau anlaufen könnte. Des Weiteren fiel Tim auf, dass er seine Beine beim Gehen weit nach außen bewegte. Wenn Volker noch kleiner gewesen wäre hätte Tim es durchaus in Betracht gezogen, dass die

Ursache hierfür nur darin zu finden sei, dass er die Hosen voll hätte. Da Volker aber dreizehn Jahre alt war, also gut ein Jahr älter als Tim, konnte er diese Möglichkeit mit an Sicherheit grenzender Wahrscheinlichkeit ausschließen. Dennoch übte dieser Volker in seiner ihm gegebenen Art zu weilen eine bedrohliche Wirkung auf Tim aus. Ganz entscheidend hierfür war die schmerzhafte Bekanntschaft mit Volkers Faust, die Tim vor ungefähr drei Monaten machte. Genau genommen war es nicht einmal Volkers Absicht. In der großen Pause sah Tim wie Volker auf dem Schulhof Anstalten machte, einen ungefähr zwei Köpfe kleineren Jungen zu verprügeln. Eiskalt. Geistesgegenwärtig hielt Tim sofort Ausschau nach einem Lehrer um ihn zur Hilfe zu rufen. Aber da war niemand weit und breit. Dieser Anblick von himmelschreiender Ungerechtigkeit veranlasste Tim dann instinktiv dazu, selbst etwas sehr unvernünftiges zu unternehmen. Genau in dem Augenblick als Volker zum Schlag ausholte, warf sich Tim zwischen die beiden. Volkers Faust traf ihn mitten ins Gesicht. Tim ging sofort zu Boden. Dann näherte sich plötzlich Herr Mander im Laufschritt der Szene, griff sofort ein und gab Tim ein Taschentuch. Der kleine Junge ergriff seine

Chance und lief davon. Herr Mander stutzte Volker zurecht und sagte ihm, dass er so etwas nie wieder sehen möchte und gab ihm zu wissen dass ihm ein Eintrag ins Klassenbuch und darüber hinaus eine Benachrichtigung seiner Eltern sicher sei. Dann folgte ein kleiner Minivortrag in dem er vermitteln wollte, dass Gewalt für nichts eine Lösung sein kann. Für gar nichts. Im Gegensatz zu Volker verstand Tim Herrn Mander sofort. Dann nahm er Tim zur Seite und fragte ihn, ob er in Ordnung sei. Ja danke Herr Mander geht schon sagte Tim leise und drückte Herrn Manders Taschentuch auf seine Nase, die nun zu bluten aufhörte. „Tim dein Verhalten ehrt Dich", sagte Herr Mander ernst. „Ich weiß, Du wolltest den kleinen Jungen nur beschützen". Dabei legte er väterlich seine Hand auf Tims Schulter. „Aber bitte sei in Zukunft etwas vorsichtiger", fügte er dann mit besorgter Mine hinzu…

Komischerweise geriet er nicht so ins Keuchen wie sonst...

Im Hinblick auf das im Sommer bevorstehende Schülersportfest entschied sich Tims Sportlehrer seine Schüler mit einem gezielten Zirkeltraining und einigen Kraftübungen in Form zu bringen. Zuerst lies der Sportlehrer hierzu die Jungs einige Runden in der Halle laufen. Das heldenhafte, athletische Erscheinungsbild des Herrn Schwarz beeindruckte Tim. Darüber hinaus war er ein sympathischer Lehrer der auf ein sportliches Fairplay größten Wert legte. In periodischen Abständen ließ Herr Schwarz nun seine Trillerpfeife dazu ertönen. Einmal pfeifen bedeutete zehn Liegestützen, zweimal pfeifen war das erklärte Signal für alle sofort zehn Rumpfbeugen zu absolvieren. Auch wenn diese Methode Tim für seinen Geschmack etwas zu militärisch erschien, war ihm diese Prozedur immer noch lieber als Fußball zu spielen. Nach zehn Runden ließ Herr Schwarz seine Pfeife zum Abschluss einmal lang ertönen. Das wäre geschafft, dachte Tim. Seltsamerweise war er nicht so außer Atem wie sonst.

Nun wurden die übergroß erscheinenden Medizinbälle aus dem Geräteraum genommen, diese mochte Tim bisher nicht besonders. Er fand sie viel zu unhandlich und schwer. Irgendwie erinnerten sie ihn an viel zu groß geratene unförmige Kürbisse. Wogegen er den Kürbissen noch etwas abgewinnen konnte, das hieß, sofern sie sich in einer überaus schmackhaften Kürbiscremesuppe seiner Mutter wieder fanden. Er dachte jetzt daran, wie er einmal bei seinem kläglichen Versuch einen überschweren Medizinball zu fangen, den ihm Volker zuwarf, in sich zusammenfiel. Da meldete sich plötzlich die sanfte Stimme seines Freundes wieder, mitten im Sportunterricht.

Es wird nun Zeit mein lieber Tim, diesem Volker eine überaus lehrreiche Lektion zu erteilen.

„Wie meinst Du das denn"? fragte Tim ihn ganz leise. Schließlich wollte er nicht, dass irgendjemand etwas davon mit bekommt.

Denke nicht so viel mein lieber Tim, mache deinen Kopf frei und Du wirst schon sehen, sagte die Stimme überzeugend.

Ich glaube Dir, sagte Tim nur noch und wieder fühlte er wie sich in seinem inneren sofort dieses warme Gefühl von Vertrauen, Glauben und Stärke ausbreitete.

Fang den Ball Volker! schrie Tim...

Volker stand Tim in einem Abstand von ungefähr drei oder vier Metern genau gegenüber. Breitbeinig und Kaugummi kauend hielt er den Medizinball vor seiner geschwellten Brust. Es würde ihm gleich Freude bereiten, den Ball mit voller Wucht auf Tim zu werfen. Tim sah Volker in die Augen. Bruchteile einer Sekunde bevor er den Ball auf Tim zuwarf, zuckten sie verräterisch.

Der übergroße Kürbis flog Direkt auf Tim zu. Er spürte ein leichtes kribbeln am ganzen Körper. All seine Muskeln waren straff und gespannt. Kerzengerade stand er da und fing den Ball.

Wirf ihn zurück und wirf dein Herz mit hinein hörte Tim seinen lieben Freund noch sagen.. Jetzt!

„Fang den Ball Volker"! schrie Tim. Wie ein Geschoss aus einer von Perrys Laserkanonen raste der Ball nun mit einer enormen Geschwindigkeit direkt auf Volker zu. Dann ging alles blitzschnell. Volker blieb keine Zeit mehr, auch nur ansatzweise zu reagieren. Der Ball prallte mit einer solchen Wucht auf seine Brust, dass er im hohen Bogen vom Hallenboden abhob. Tim sah noch, wie in Zeitlupe, dass Volker im Flug der Kaugummi aus dem Mund fiel. Gleichzeitig hörte Tim seinen Freund sagen:

Mach Dir keine Sorgen Tim! Ihm ist nichts geschehen.

Volker landete weich auf einem Stapel Turnmatten. Man könnte auch sagen, dass er auf dem Boden der Tatsachen gelandet ist. Kreideblass stand Volker auf. Herr Schwarz, der gerade damit beschäftigt war mit Hilfe zweier Schüler, ein Turnreck aufzubauen, hatte gerade noch Volkers Landung mitbekommen. „Ist alles in Ordnung mit Dir?", fragte er ihn. „Ja, geht schon. Äh… bin wohl ausgerutscht", sagte er ganz leise. Dann ging er in einer für seine Verhältnisse erstaunlich entspannten Körperhaltung an Tim vorbei, um für einige Minuten auf der Toilette zu verschwinden.
Herr Schwarz klatschte in die Hände. „So, zum Abschluss machen wir jetzt noch ein paar Klimmzüge", wies er seine Schüler an.

„Ausgerechnet Klimmzüge", dachte Tim. Bisher war Tim nicht dazu in der Lage, sich ein einziges Mal so weit

nach oben zu ziehen, sodass er mit den Augen über die Stange hätte blicken können.
Die Schüler stellten sich in einer Reihe vor dem Turnreck auf. Volker drängelte sich vor Tim. Schließlich waren Klimmzüge seine absolute Lieblingsübung. Hier konnte er eindrucksvoll allen anderen demonstrieren, wie stark er ist. Und er war fest entschlossen den kleinen Zwischenfall mit dem Kürbis jetzt mehr als wett zu machen. Bevor er sich an die Stange hängte, drehte er sich noch einmal zu Tim um. „Schau zu, kleiner Tim, dann kannst Du noch was lernen", sagte er laut. Volker sprang an die Stange und zog sich achtmal bis ganz nach oben. Seine Arme und sein ganzer Oberkörper begannen nun zu zittern wie Espenlaub. Dann atmete er tief durch und zog sich mit der Kraft seines Willens jedes Mal von einem lautem Stöhnen begleitet noch dreimal bis ganz nach oben. „Gut gemacht Volker" rief Herr Schwarz mit einem anerkennenden Kopfnicken zu Volker herüber.

Nun war Tim an der Reihe. Völlig ruhig stand er vor der Reckstange.

Diesmal brauch ich Dir nichts zu sagen Tim. Du weißt was zu tun ist...tue es einfach. Jetzt...!

Tim sprang an die Stange, umklammerte sie wie ein Schraubstock mit seinen Händen. Dann ging alles fast wie von selbst, ganz leicht. Genau wie beim Schreiben über Perry den Weltraumheld, dachte Tim nicht nach. Er tat es einfach. Nach dem er sich zehnmal nach oben zog, wurde es sogar noch einmal leichter. Fast so, als wenn jemand ihn an seinen Hüften griff und nach oben schob. Mittlerweile zählten die Schüler laut mit. Vierzehn, fünfzehn, sechzehn. Erst beim achtzehnten Mal spürte Tim die Anstrengung überall in seinem Körper. Als er zum achtzehnten Mal über die Stange blickte, glaubte Tim auf der kleinen Tribüne der Sporthalle für einen winzigen Augenblick einen sympathischen Mann Mitte vierzig zu sehen. Er war von großer Gestalt und winkte Tim freundlich zu. Als er zum neunzehnten Male über die Stange blickte, war der Mann verschwunden. Nun machte Tim nur noch mit der Kraft seines Herzens weiter. Erst

nach dem er zum fünfundzwanzigsten Mal über die
Stange geschaut hatte, lösten sich seine Hände von ihr. Einige der Schüler applaudierten. Meine Güte Tim, was war denn das? rief Herr Schwarz erstaunt aus.

Daher, sagte Tim ganz leise...

Volker stand mit offenem Mund da, schaute ungläubig an seinem Körper herab, dann schaute er auf Tim. Was soeben geschehen war, konnte er nicht so recht begreifen. Dann ging er langsam auf Tim zu. „Hey kleiner Tim", sagte er. „Ich hab zwar keine Ahnung was das gerade eben war, aber das war großartig". „Wo hast Du denn diese Kraft auf einmal hergeholt"? „Kannst Du mir das einmal verraten, los sag schon", fragte er ungeduldig. Tim lächelte freundlich und blickte Volker in die Augen. Dann legte er seine Hände übereinander und hielt sie für einen Augenblick auf Volkers Brust, genau über sein Herz. „Daher", sagte Tim ganz leise. Nun lächelte Volker zurück. Dabei war es kein hämisches Grinsen wie er es sonst pflegte. Nein er lächelte diesmal für seine Verhältnisse beinahe sanft. Gleichzeitig glaubte er zu fühlen wie es unter den Händen von Tim genau an der
Stelle, an der sich sein eigenes Herz befand zu pulsieren begann und wohlig warm wurde.
Später als Volker in der Umkleide sein Hemd wechselte, fiel ihm auf seiner Brust ein seltsamer roter Fleck, etwa in der Größe und Form einer

Hand auf, der nach und nach bis zum Abend wieder verschwinden sollte. Von nun an sprach Volker zwar immer noch ab und zu laut aber nicht mehr so oft wie früher. Auch seine eigenartige Art zu gehen besserte sich nach und nach etwas. Und noch etwas sehr eigenartiges geschah mit Volker. Einige Wochen später sollte Tim Gelegenheit bekommen ihn dabei zu beobachten wie er auf dem Schulhof erfolgreich in eine handfeste Keilerei zweier Fünftklässler eingriff und diese sofort schlichtete. Zum einen mit seiner körperlichen Präsens, zum anderen und das war eine neue Erfahrung für Volker, mit guten Worten.

Tim verstand erst nach und nach, was sich im Sportunterricht abgespielt hatte. Von nun an nahm er auch regelmäßiger am Sportunterricht teil und legte seine Fähigkeit sich unsichtbar zu machen langsam ab. Volker war nun stets bemüht Tim in seine Fußballmannschaft zu wählen. Meistens tat Tim ihm den Gefallen. Manchmal zog er es auch vor, auf der Bank zu sitzen und einfach zuzuschauen. Auch seine schulischen Leistungen verbesserten sich in der nachfolgenden Zeit zusehends. Seine Leistungen wurden in allen Fächern besser und meist wurden seine Klassenarbeiten mit gut bewertet. Dennoch wurde aus Tim kein Musterschüler. Wenn er hin und wieder einmal eine lediglich ausreichende Leistung erbrachte, nahm er es sich nicht so sehr zu Herzen wie früher. Er hatte von seinem geheimnisvollen Freund sehr viel gelernt und brachte es zur Anwendung. Vor allem lernte Tim nun mit der Kritik anderer Menschen, ob sie nun berechtigt war oder nicht, besser umzugehen. Wenn er für etwas gelobt wurde und das kam immer öfters mal vor, freute er sich sehr darüber. Gleichzeitig lernte Tim mit sich selbst ins Reine zu kommen und sich nicht allzu sehr von den Meinungen und Urteilen anderer abhängig zu machen. Nach und nach, ganz langsam, entwickelte er so das, was ihm bisher am meisten gefehlt hatte, ein Vertrauen in sich selbst. Seinen geheimnisvollen Freund hörte er in den folgenden Wochen nicht mehr. Tim dachte sehr oft an ihn und wurde manchmal ein wenig traurig.

Dann aber fiel ihm sofort wieder ein, wie die Stimme zu ihm sagte: „*Wenn Du mich brauchst bin ich da, das verspreche ich Dir…*"

Tief in seinem Herz wusste Tim, dass er sich darauf verlassen konnte.

Es war das Herz seiner lieben Mutter...

Tim befand sich in der Küche, um sich eine Tasse Kakao einzuschenken. Als er eine Tasse von dem Ablageschränkchen nahm, fiel sie ihm aus der Hand. Sein Versuch sie noch aufzufangen scheiterte. Sie zerbrach geräuschvoll auf den weiß marmorierten Fliesen. Von dem Geräusch aufgeschreckt, eilte Tims Mutter in die Küche. „Mensch Tim, kannst Du denn nicht aufpassen"? sagte sie wütend. „Aber Mutti, das war doch keine Absicht, es tut mir leid," versuchte Tim sie zu beruhigen und kniete sich auf den Boden, um die Scherben aufzusammeln.

Da meldete sich plötzlich die geheimnisvolle Stimme wieder. Aber diesmal meldete sie sich bei Tims Mutter und sprach ihr Direkt ins Herz.

Dein Sohn hat doch nicht absichtlich die Tasse fallen lassen. Warum bist Du denn immer so hart zu ihm? Schau ihn Dir doch einmal an. Er liebt Dich über alles. Und Du liebst ihn doch auch. Du hast es ihm bis heute nur nie gezeigt. Ich weiß, dass Dir in deiner eigenen Kindheit nur sehr wenig Liebe zugetragen wurde und das war sicher sehr schwer für Dich. Es liegt allein in deiner Hand, jetzt diese negative Kette zu unterbrechen, indem Du damit aufhörst, die Fehler deiner Eltern zu wiederholen. Mach doch bitte nicht den gleichen Fehler bei deinem Sohn. Er hat das nicht verdient. Er sehnt sich so sehr nach der Liebe seiner Mutter. Fass Dir ein Herz und zeige Tim, dass Du ihn liebst. Jetzt!

Nadine war gerührt von dem, was diese sanfte Stimme ihr zu Wissen gab. Sie erkannte, dass dies die Stimme ihres Herzens war.

Augenblicklich löste sich ihre Wut und musste einem Gefühl von Wärme und Liebe weichen. So ein schönes Gefühl hatte sie schon sehr lange

nicht mehr. Sie kniete sich herunter zu ihrem Sohn. „Komm, wir machen die Scherben zusammen weg, so etwas ist mir auch schon oft passiert". „Ist doch nicht so schlimm sagte sie liebevoll". „Und außerdem, Scherben sollen ja bekanntlich Glück bringen". „Und Glück können wir doch gebrauchen oder"? Als sie beide aufstanden, nahm sie Tim in ihre Arme, küsste ihn liebevoll auf seine Stirn und sagte immer wieder ganz leise, mein lieber Sohn, mein lieber Sohn. Tränen liefen ihr übers Gesicht und auch Tim begann zu weinen. „Es tut mir so leid, wenn ich oft so hart und ungerecht zu Dir war". „Bitte verzeihe es mir". „Du bist ein großartiger Junge". „Du bist doch das Beste das ich habe".
„Ist doch schon gut Mutti", sagte Tim. „Ich hab Dich lieb".

Überglücklich umarmte Tim seine Mutter. Als er sich an sie drückte hörte er ein Herz schlagen. Es war das Herz seiner lieben Mutter.
Tims Leben hatte sich seit der Zeit, als er das erste Mal die Stimme seines lieben Freundes gehört hatte, entscheidend verändert. Zum Guten. Seinen Freund hatte er seit der letzten Unterhaltung im Sportunterricht nicht mehr gehört. Er hatte dennoch das Gefühl, dass sein

geheimnisvoller Freund immer bei ihm war. Er lernte, bei allem was er auch tat nicht nur auf seinen Verstand, sondern mehr und mehr seinem Bauchgefühl zu vertrauen.

Tim erhielt beim diesjährigen Schülersportfest zum ersten Mal eine Urkunde. Er erreichte satte neunzig von Hundert möglichen Punkten. Ganz Dicht gefolgt von Sportskanone Volker, der es verstand mit achtundachtzig Punkten zu glänzen. Tim und Volker waren, nebenbei bemerkt, die beiden einzigen Schüler ihrer Klasse, die in diesem Jahr eine Ehrenurkunde erhielten. Tim und Volker verstanden sich mittlerweile recht gut, obwohl sie nie das wurden, was man beste Freunde nennt. Dazu waren sie von ihrem Wesen her zu verschieden. Aber dennoch kamen sie ganz gut miteinander aus. Ja, einmal wendete sich Volker sogar vertrauensvoll an Tim, um ihn in einer Herzensangelegenheit um Rat zu fragen.

Du Papa, wer war denn der Mann eben...?

Tim hörte den Wagen seines Vaters vorfahren. Als Martin nicht wie gewohnt kurze Zeit später mit einem für ihn typischen „Ja" zur Wohnungstür hereinkam, schaute Tim aus dem Fenster. Martin stand an seinen Wagen gelehnt und schien sich angeregt mit einem fremden Mann zu unterhalten. Tim fiel auf, dass sein Vater ihm aufmerksam zuhörte und von Zeit zu Zeit zustimmend nickte.

„Guten Abend", sagte sein Vater. „Ich bin da", als er kurze Zeit später das Wohnzimmer betrat. Er gab Nadine ein Küsschen auf die Wange und auch Tim begrüßte er mit einem: „Na mein Junge, alles klar?" „Mann war das wieder ein Tag", stöhnte er und setze sich an den Esstisch um seinen Tee zu trinken.
„Du Papa, wer war denn der Mann eben, mit dem Du Dich an deinem Wagen unterhalten hast"? fragte Tim. „Ich weiß nicht was Du meinst", entgegnete ihm Martin erstaunt. „Ich hab mich mit niemandem unterhalten". „Ich bin nur für einen Moment an meinem Wagen

gestanden und meinen eigenen Gedanken
nachgegangen".

Dies ist kein Abschied für immer, lieber Tim...

Auf dem Weg zu seinem Zimmer verspürte Tim plötzlich einen sanften Druck auf seiner rechten Schulter. Gleichzeitig breitete sich ein angenehmes Wärmegefühl über seinen Oberarm bis hin zu den Fingerspitzen aus.

Bitte erschrecke nicht lieber Tim, ich bin es dein Freund, hörte er seinen geheimnisvollen Freund leise sagen. Vor ihm stand plötzlich ein sympathischer Mann Anfang vierzig. „Bist Du meine innere Stimme", fragte Tim ihn erstaunt? *Ja so könnte man es sagen*, sagte er und reichte ihm seine Hand. Als Tim ihm dabei in die Augen blickte, hatte er dabei das eigenartige Gefühl sich selbst im Spiegel anzusehen. Sein Freund hatte die gleichen warmherzigen Augen wie er selbst. Dennoch konnte er erkennen, dass sein Freund viele schmerzvolle Erfahrungen in seinem Leben gemacht haben musste. Er konnte die schmerzvollen Erfahrungen seines Freundes für einen Augenblick spüren. Abgesehen davon, dass der Mann gut dreißig Jahre älter war als er, sah er ihm sehr ähnlich. Auch in der Art wie er sprach, er sich bewegte und gestikulierte erkannte Tim sich selbst wieder. „Hey, ich hab Dich schon einmal gesehen" sagte er. „Im Sportunterricht als ich mich an der Stange am Turnreck hochzog". „Als ich über die Stange sah, hatte ich Dich für einen kurzen Augenblick auf der Tribüne stehen sehen".

Volltreffer, Tim…

„Augenblick", sagte Tim zögerlich… „und heute Abend der Mann, den ich am Wagen meines Vaters stehen sah… Das warst auch Du"?

Ja Tim. Ich dachte es wäre gut mich mal kurz mit ihm zu unterhalten. Quasi von Mann zu Mann, unter vier Augen wenn Du verstehst.. und ich dachte, es wäre gut ihm einige Dinge zu sagen, die mir wichtig erschienen. Dinge die er wissen sollte.

Aber er hat Dich nicht gesehen oder?

Nein, aber er konnte mich hören, weil er zum ersten Mal nach langer Zeit sein Herz geöffnet hatte. Auf der Fahrt nach Hause dachte er viel über sich und sein Leben nach und erkannte, dass er in den letzten Jahren nicht nur seine Familie sondern auch sich selbst vernachlässigt hatte. In dem Augenblick als sich sein Herz geöffnet hatte, konnte ich zu ihm durchdringen. Verstehst Du?

Er nickte seinem Freund zu. „Verstehe", sagte er leise wie zu sich selbst.

Alle Dinge geschehen zum richtigen Zeitpunkt, lieber Tim. Jetzt, da ich meine Aufgabe erfüllt habe, ist nun der Zeitpunkt gekommen, an dem ich mich von Dir verabschieden muss. Meine Zeit läuft sozusagen rückwärts Tim. Ich muss bald gehen. Deine Zeit aber läuft vorwärts.

Nutze sie. Du hast ein gutes Herz. Es ist sehr stark. Aber bei all seiner Stärke ist es gleichzeitig auch empfindsam, angreifbar und verletzlich. Pass auf, dass es keinen Riss bekommt, hörst Du?

„Ja, ich verstehe Dich", sagte Tim. „Aber wie kann ich denn am Besten auf mein Herz acht geben"?

Denk mal ganz kurz an den sagenhaften Weltraumhelden Perry. Was würde denn Perry deiner Meinung nach tun, wenn er unerwartet auf feindlich gesinnte Mutanten trifft die beabsichtigen seine Schiffe anzugreifen?

„Er würde sofort die Schutzschirme all seiner Raumschiffe aktivieren, um so seine Flotte zu schützen". „Gleichzeitig würde er vorausschauend alle Laserkanonen feuerbereit halten". „Oder"?

Genau. Wieder einmal ein Volltreffer. So halte Du es auch mit deinem Herzen. Öffne es stets nur für das Gute. Wenn aber Gefahr droht, musst Du es schützen. Wenn Du einmal gezwungen wirst, Dich zu verteidigen, dann schieße mit der Kraft all deiner Liebe zurück. Weißt Du Tim, ein Raumschiff ist auf der Erde am sichersten, aber dafür wurde es nicht gebaut. Es wurde gebaut, um sich auf die Reise zu begeben zu fernen Galaxien und neuen Welten. Nur so kann es seine Bestimmung erfüllen. Genau wie Du.

Auf deinem Lebensschiff bist Du der Kapitän. Du allein bestimmst, welchen Kurs Du einschlägst und wohin die Reise geht. Aber ich glaube Du hast bereits verstanden...

„Ja, ich weiß genau was Du mir sagen willst, ich habe alles verstanden". Tim ging nun zu seinem Freund und umarmte ihn.

„Aber warum musst Du jetzt fortgehen"? „Bitte bleib doch bei mir", sagte er traurig….

Dies ist kein Abschied für immer, lieber Tim. Ich habe eine sehr weite Reise hinter mir. Ich bin quasi in der Zeit rückwärts gereist um zu Dir zu gelangen. Es war nicht immer so einfach genau im richtigen Augenblick bei Dir aufzukreuzen. Aber ich glaube mein Timing war dennoch gar nicht so schlecht. Aber dort wo ich herkomme gibt es auch Menschen die mich brauchen. Dorthin muss ich nun zurückgehen. Viel später in deinem Leben denkst Du an meine Worte und dann wirst Du alles verstehen. Hab Vertrauen.

Tim bemerkte, wie plötzlich um den Körper
seines Freundes ein immer heller werdendes
Licht aufzuflackern begann.
Gleichzeitig hörten beide eine fremde Stimme.
Wie bei einem Countdown zählte sie rückwärts.

Drei...

Tim Du musst mich jetzt langsam loslassen.
Ich muss zurück.

Zwei...

Während sein Freund die Umarmung langsam
löste, sah Tim, wie das Licht um seinen Freund
herum immer heller und heller wurde.
Gleichzeitig umkreisten mehrere kleine
Lichterkugeln den Körper seines Freundes. Sie
strahlten ein wunderschönes gleißendes Licht
aus, das alle Farben eines Regenbogens und
Farben die er noch nie zuvor gesehen hat
enthielt. Die Lichter strahlten in alle Richtungen
und füllten den ganzen Raum aus. Im Bereich
seiner Brust trafen die Strahlen auf Tims Körper.
Tim bemerkte, dass die Strahlen nicht nur auf

seinen Körper trafen, vielmehr schienen sie durch ihn hindurch zu gehen.

Eins…
Das helle Licht wurde nun nach und nach schwächer. Sein Freund schien langsam mit dem Licht zu verschmelzen um so seine Rückreise anzutreten.
Kurz bevor er verschwand winkte er Tim zum Abschied lächelnd zu.

Machs gut Tim. Mit meinem Herzen bin ich immer bei Dir.

Null…
Nun wurde das Licht für einen Augenblick so hell, dass Tim sich die Hand vor seine Augen halten musste.
Als er wieder hinsah waren das Licht und auch sein lieber Freund verschwunden. „Gute Reise", sagte Tim ganz leise. „Gute Reise". „Du bist mein bester Freund".

Tim erkannte, dass sein Freund diese weite Reise nur auf sich nahm, um sein Leben in die richtigen Bahnen zu lenken.

In seinem Leben sollte er sich noch öfter die Frage stellen, wie sein Leben wohl verlaufen wäre, wenn ihm sein geheimnisvoller Freund nie begegnet wäre. Ja, manchmal kam es vor, dass er dann eine geheimnisvolle Stimme zu hören glaubte die ihm ganz leise sagte „ *Denke nicht so viel mein lieber Tim*" Dann verspürte er wieder dieses warme Gefühl von Vertrauen und Liebe und sagte zu sich selbst. „Ich möchte es lieber gar nicht wissen". Es ist gut so wie es ist. *Alle Dinge geschehen zum richtigen Zeitpunkt...* Von den geheimnisvollen Begegnungen mit seinem lieben Freund erzählte Tim Zeit seines Lebens niemandem etwas. Genau wie seine Oma damals, hütete er dieses Geheimnis. Die schönen Erinnerungen an seinen Freund allerdings bewahrte er dort auf, wo sie am besten aufgehoben waren, tief innen in seinem Herzen.

Epilog:

Wachen Sie auf Tim!

Drei... Hören Sie weiter nur auf meine Stimme Tim. Sie haben ihre Aufgabe erfüllt. Blicken Sie jetzt nicht zurück! Sie können den kleinen Jungen jetzt loslassen... Lassen Sie ihn los...

Zwei...Sie sind gleich wieder im Hier und Jetzt...
Eins...Sie sind völlig entspannt. Wenn ich Ihnen gleich in die Augen puste sind Sie hellwach und fühlen sich sehr wohl...

Null... Wachen Sie auf Tim, jetzt!

Tim öffnete die Augen. Er lag auf einer bequemen blutrot gepolsterten Liege. Vor ihm saß ein älterer Herr, der ihn mit einem warmen Lächeln ansah. Sie sind von ihrer Reise zurück sagte er. Tim setze sich langsam auf. Er fühlte sich sehr entspannt. Langsam registrierte er, dass er wieder sicher in der Gegenwart gelandet war. „Wie lange war ich denn weg", fragte er den Mann der nun neben Tim auf der Liege platz genommen hatte.

Mit dieser neuen Methode ist es mir gelungen, Sie in eine tiefgehende Trance zu versetzen, damit Sie die lange Reise in ihre eigene Vergangenheit antreten konnten. Ich hatte lange Zeit an der Weiterentwicklung und Verfeinerung dieser Methode gearbeitet. Nun weiß ich endlich, dass sie funktioniert. Auch wenn Ihnen die Reise sehr lange erschien, kann ich Ihnen versichern, dass in der Gegenwart lediglich einige wenige Minuten verstrichen sind. Siebzehn Minuten um genau zu sein. Diese neue Methode ermöglichte es Ihnen mit

dem kleinen Jungen in ihrem Inneren
Kontakt aufzunehmen. So gelang es Ihnen
mit ihm gemeinsam Konflikte aus Ihrer
Kindheit aufzuarbeiten und zu bereinigen.
So haben Sie dem kleinen Jungen und sich
selbst geholfen. Sie sind beide jetzt frei.
Aber bitte sagen Sie mir doch wie Sie sich
nun fühlen, fragte ihn der Therapeut mit
einer fast kindlichen Neugier.

„Ich fühle mich so wohl wie schon lange nicht
mehr", sagte Tim und lächelte. „Ihre Methode ist
wirklich einzigartig". „Ich war tatsächlich dort
und habe erkannt, dass dieser kleine Junge, der
sich nie etwas zutraute ein ganz besonderer
Junge ist". „Ich fühle mich jetzt zum ersten Mal
in meinem Leben völlig frei und unbeschwert".

Das freut mich sehr Tim. Wenn Sie
möchten, können Sie noch einmal nächste
Woche zu einer Sitzung kommen.

Tim sah ihn lächelnd an. „Ich gebe zu, Anfangs
stand ich Ihrer neuen Behandlungsmethode ein

wenig skeptisch gegenüber". „Nun aber bin ich froh, an Ihrem Experiment teilgenommen zu haben". „Ich bin Ihnen sehr zu Dank verpflichtet". „Viele Dinge aus meiner Kindheit die fast aus meinem Bewusstsein verschwunden schienen, sehe ich nun ganz klar". „Alles ist bereinigt". Tim stand auf und reichte seinem Therapeuten zum Abschied die Hand. „Ich glaube nicht, dass es nötig sein wird, noch einmal wieder zu kommen". „Vielen Dank für alles".

Verstehe, sagte der Mann leise. Ich wusste, dass die Sitzung Ihnen helfen wird. Alles Gute und passen Sie auf sich auf Tim!

Tim schloss die Tür der Praxis hinter sich und ging schlendernd die Strasse entlang in Richtung seines Wagens, den er zuvor einen Block weiter geparkt hatte. Plötzlich flog im hohen Bogen ein Ball Direkt auf ihn zu. Reaktionsschnell fing er ihn auf. Als er auf die andere Straßenseite blickte, sah er einen kleinen Jungen, der ihn erwartungsvoll anblickte. Tim lächelte, warf den Ball zurück und rief „Fang den Ball". Als Tim in

seinen Wagen einstieg, glaubte er eine sanfte
Stimme zu hören, die ihm ganz leise sagte:

„Es ist nun an der Zeit, dass Du aufhörst
um Dich selbst zu kreisen. Die Dinge sind
bereinigt. Gehe mal wieder mit deinem
Sohn Fußball spielen. Es wird Zeit! Deine
kleine Familie braucht Dich". Jetzt!
„Du hast ja so recht", sagte er leise zu sich selbst,
startete seinen Wagen und fuhr nach Hause...

Der Autor wünscht allen
Lesern eine magische Zeit